www.ingramcontent.com/pod-product-compliance
Lightning Source LLC
Chambersburg PA
CBHW060820180626
46818CB00002B/900

NOTA BENE

Je suis redevable de plus d'un détail à l'Abbé Mioche et à Ambroise Tardieu. Je le déclare ici pour me dispenser d'écrire trop souvent leurs noms. Je rends hommage surtout à l'Abbé Mioche: son histoire de la Chartreuse de Port Sainte-Marie est un travail de Bénédictin. Seul un amour profond de notre commun pays a pu lui donner le courage de le parachever.

NOTICE LINGUISTIQUE

Je donnerai dans le texte les noms propres sous leur forme française et, en notes au bas de la page, sous leur forme patoise. Cette dernière a seule une valeur étymologique. La francisation des noms propres est partout le fruit de l'ignorance, de fausses assimilations, du sentiment bizarre que certains sons, qui retentissent trop souvent au village, ne sont pas assez distingués pour le français. Ainsi l'o ouvert est rare dans notre dialecte limousin et l'ô fermé l'a presque partout remplacé : c'est pourquoi les gens de chez nous expulsent impitoyablement ce dernier son de leur français et disent par exemple: la cote pour la côte. Quand j'étais jeune et que j'apprenais l'anglais, j'étais choqué de rencon-

trer dans une langue si collet monté le son âo
(de now), parce qu'il est fréquent dans notre
patois.

Prenons comme exemple de ce que vaut la
francisation le nom Puy-de-Dôme. A Saint-Jacques on dit Peu de Dema, ailleurs Peu de **Douma**
et cela veut dire clairement Puy du dieu Dumias,
déité gauloise adorée sur la montagne et que les
Romains assimilèrent à Mercure ; c'est pourquoi
le Vasso était appelé le temple de Mercurius
Dumias. La forme de cette montagne peut rap-
peler un cône à large base, à la rigueur un
pain de sucre, mais nullement un dôme.

Notre dialecte a plus de consonnes que le
français, comme il a beaucoup plus de sons
vocaux. Cependant ne voulant pas faire ici
un véritable exposé de phonétique et de linguis-
tique, je n'adopterai pas de notation spéciale
pour les consonnes, sauf pour 1 mouillé que
j'écrirai lh comme en portugais et dans l'ancienne
langue d'oc.

Mais le vocalisme est remarquable et vaut que
j'en dise un mot. Il rappelle de près celui du latin,
en plus riche. Les voyelles sont brèves, longues
ou nasales. Il y a deux diphtongues. Voici un
tableau synoptique qui peut en donner une
idée. Je m'excuse de la grossière figuration que
j'adopte, par raison d'économie, pour n'em-
ployer que les caractères courants de la bro-
chure. Si je faisais une étude véritable de cet
intéressant dialecte, cette figuration ne pourrait
en aucun façon suffire :

Voyelles brèves	Voyelles longues	Voyelles nasales
a	ah	an
è	èh ⎫	en
é	éh ⎬	
i	ih	in
o	oh ⎫	on
au	auh ⎭	
ou	ouh	oun
u	uh	un
e	eu	—

Diphtongues

ao   ae

Les voyelles brèves sont très brèves, peu sonores.

Il est bien entendu que toute voyelle longue, dans n'importe quelle position, est suivie d'un h. Les longues ont un peu plus de durée que les voyelles françaises.

Les nasales sont pures comme en français et en portugais. L'n ne sert qu'à les figurer. **En** est l'**in** français. **In** est l'**ing** anglais. **Un** n'est pas l'**un** français : c'est **u** prononcé dans le nez : ce son exista jadis en français.

L'accent tonique porte aussi volontiers sur une brève que sur une longue, et même sur l'**e** féminin, dit à tort muet ; exemple : *tsaopena*, pignon. La voyelle qui le porte sera dans chaque mot figurée par un caractère gras.

Ah chez nous a le son anglais de l'a dans man.

Mais un peu plus au sud, c'est l'**a** long ordinaire du latin.

Au Auh sont plus fermés que l'ô français, plus près de l'ou.

Eu est l'eu français dans neveu.

Ou devant une voyelle est le w anglais ; y est le j allemand.

Dans les diphtongues la première voyelle est deux fois plus longue que la seconde. **Ao** est l'ow anglais de now, **ae** sonne à peu près comme **ail** dans la bouche d'un parisien.

Je citerai les mots latins sous la forme de l'accusatif du latin vulgaire, qui n'était plus nasalisé.

Trois Siècles de la Vie

D'UNE

Famille d'Artisans-Paysans

Ces pages ne sont pas inspirées par l'orgueil :
ma famille n'est pas de celles dont on a coutume
de tirer vanité. Nul baron du nom de Sage n'ac-
compagna Godefroy de Bouillon en Palestine ;
et si quelqu'un de mes ancêtres fut à Fontenoy,
ce fut dans le rang. Néanmoins je ne suis pas dis-
posé à renier une lignée de vulgaires honnêtes
gens : je serais odieux et sot, ce qui me chagrinerait.
Parmi les aïeux de l'humanité présente, les
uns ont vécu du meurtre, les autres du travail ; les uns ont nagé dans l'abondance sans
avoir jamais eu à se donner de mal, les autres ont
croupi dans toutes les misères, malgré toutes les
peines qu'ils se sont données. C'est bien ainsi,
puisque c'est ainsi. Mais il est entendu qu'il y a
plus de gloire à descendre de ceux qui ont largement tué ou copieusement mangé. La sagesse
des nations, qui s'y entend, le proclama ; et ce
n'est pas moi, chétif, qui oserais y contredire.
Donc en mon cas point d'orgueil ! Mais voici
venir la cinquantaine, temps morose. Si de ce

point culminant je regarde mon sentier, il m'apparaît en arrière étroit, triste et pénible, en avant couvert d'une brume grise. Aux champs qu'il traverse la suave fleur de l'affection ne pousse presque pas. Evoquons les morts : de leur tombe vient un souffle de paix.

A vingt ans on est soi et on a honte des vieux. A 50 ans on se sent un anneau d'une chaîne qu'on voudrait connaître tout entière. Jeunes gens, ne détruisez pas à vingt ans les souvenirs de vos vieux, vous le regretteriez à cinquante.

D'abord quelques mots de notre pays : on ne peut faire vivre les gens dans l'abstraction, c'est une terre trop maigre.

GÉOGRAPHIE

Au sommet de la fourche que la Sioule et le Sioulet forment en se rejoignant, s'élève le puy d'Ambur (1). Hauteur : au-dessus du niveau de la mer 700 mètres ; au-dessus du confluent des deux rivières 300 mètres environ. Le sommet consiste en un plateau assez étendu, d'où l'on jouit d'un vaste et grandiose panorama sur tous les côtés, mais surtout à l'est, vers les Dômes. Ambur tombe presque à pic sur le Sioulet : la côte est vêtue de hêtraies qui furent épaisses et hautes, mais par là est passé le paysan plus dévastateur que la chèvre.

Vers la Sioule Ambur descend d'abord en

(1) Embu.

pente douce sur une terrasse presque plate, large par endroits de plus de deux kilomètres. Là se trouvent les meilleurs terrains de la commune. Enfin brusquement il se précipite vers la Sioule : c'est là que s'accroche à des pentes raides la forêt de l'Etat. Géologiquement Ambur est un matelas de glaise rougeâtre sur un sommier de roches éruptives.

Au sud d'Ambur s'étendent les froides plaines de Meyrol (1), qu'on a en partie reboisées ; de sapins, il est vrai, trop sombre feuillage sous ce ciel gai. Ce qu'il y faudrait, c'est ce qu'il y eut jadis : l'aérienne et divine poésie du chêne, du hêtre, du frêne et du platane.

Au sud-ouest de Meyrol se soulève une arête, longue de 4 kilomètres environ, orientée de l'est à l'ouest et qui se termine par le promontoire effilé de Rochebriant, roc nu, assez long mais très étroit, entouré d'éboulis, débris du roc lui-même ou de la vieille forteresse, qui durant tant de siècles veilla en ce lieu, à l'abri des gorges et des bois. Il ne reste pas de ruines proprement dites. Le point culminant de l'arête en question est Rochevieille (2) qui, vue de loin, ressemble assez bien à la corne naissante d'un jeune taureau. De là son nom ancien qui est resté au village situé au pied et à l'est : Cornet (3).

Toute la région est coupée de gorges profondes, abruptes, étroites. Les principales sont : la vallée de la Sioule, la vallée du Sioulet, celle du Teyssou (4).

(1) Maerauh.
(2) Reutza Vélha.
(3) Couhrne (lat. cornu).
(4) Taessu.

Celles de la Sioule et du Teyssou laissent à
peine de ci de là quelques prairies sur les rives
du cours d'eau ; celle du Sioulet est un peu plus
large, on y trouve des hameaux : le Pont du
Boucheix (1), Confolent (2), Andrivet (3), les Ysserts (4).

En de nombreux endroits le sol trop accidenté
a dû être laissé en bois. Jadis, c'étaient des
futaies, aujourd'hui ce ne sont que des taillis. Ce
coin de pays dut être autrefois un joyau de la
nature ; il est beau encore malgré les ravages du
paysan. Si la mode du jour l'ignore, le Moyen-
âge l'aima.

HISTOIRE

Jusque vers le 4e ou le 5e siècle de notre ère,
Saint-Jacques (5) ne fut qu'une profonde forêt
de chênes et de fayards où les vipères pullulaient.
Ces reptiles n'y sont point rares encore et longtemps on les y a redoutés. Au siècle dernier Saint-
Amable, un fils du pays, était encore invoqué à
Saint-Jacques contre leurs morsures et on le
représente quelquefois en train d'étrangler un
serpent.

Les premiers colons furent peut-être des moines

(1) Poun do Bouhtzae.
(2) Coufoulen (confluente).
(3) Andrih.
(4) Lauz Aessyah.
(5) Sen Dzahke.

car les ermitages et plus tard les couvents ont
été nombreux dans nos vallées closes, si éloignées
du monde. Les noms de lieux, sauf deux ou trois
qui comme Ambur résistent à toute interpréta-
tion, sont tous romans et très clairs :

Boisse (1) (la brousse), les Ysserts (les essarts),
la Chazotte (2) (le groupe de huttes), les Chaumes
(3), la Colt (4) (les cultures). Certains dérivent de
noms d'hommes : Martinèche (5), les Berthons
(6). D'autres rappellent des cultures aujourd'hui
délaissées : ainsi le pêcher qu'on ne trouve plus
guère, a pourtant laissé son nom à des lieux
comme Le mas des Pêches, la Pêche (7), la Pêcherie (8). Les noms La Serre et la Barre (9)
veulent dire tous deux enclos, parc à bestiaux. Le
premier est latin, mais le deuxième semble
celtique.

Les Bénédictins eurent plusieurs couvents
sur notre territoire. Ils en eurent un sur le plateau
de Boisse, dont tout a péri, même le souvenir ;
un à Montfermy (10), qui a persisté jusqu'à la
Révolution ; un à Pont-du-Boucheix (11).

(1) Bouaessa.
(2) La Tzazauhta (casa et un diminutif).
(3) Lah Tzohmah.
(4) La Kauh (culta).
(5) Martinaetza (martinacia villa).
(6) Lau Bzartouh.
(7) La Pétzaya.
(8) La Paetza.
(9) La Sahra, la Bahra.
(10) Mounfroumi (monte firmino).
(11) Poun do Bouhtzae (pont des habitants du village de Bouhtze, le Bouchet).

Le Port Sainte-Marie. — Mais le couvent le plus important du pays fut la Chartreuse de Port Sainte-Marie. Elle nous intéresse tout particulièrement. Elle fut fondée en 1219 par les frères Guillaume et Raoul de Beaufort, au lieu alors appelé Confinial, parce que là se rencontraient les confins de trois immenses paroisses : Mohon (Saint-Georges de Mons) (1), Chapdes (2) et Miremont (3). Saint-Jacques ne fut détaché de Miremont qu'en 1598, grâce à l'influence du Seigneur d'Ambur, François de Gimel.

Au Moyen-âge 4 châteaux-forts s'élevaient à 3 ou 4 kilomètres l'un de l'autre : la Rochebriant, Ambur, Miremont, Confolent.

Confolent fut d'abord terre d'église. En 1284, le chapitre cathédral de Clermont donna la haute, moyenne et basse justice de ce lieu à Pierre Ebrard, chevalier, à condition que celui-ci en rendît « foi-hommage » audit chapitre.

Rochebriant. — Rochebriant s'appelait autrefois la Roche (4) tout court, ou plus exactement le Roc : tel est encore le nom du lieu dans le pays. Rochebriant a dû s'écrire plus que se dire. Ce fut un des possesseurs qui, au début du xive siècle, adjoignit son prénom Briam au nom primitif. Pendant des âges nombreux ce roc abrupt, entouré de gorges profondes sur 3 côtés et masqué sur le 4e par de hautes forêts, a dû être un lieu de refuge aux époques d'insécurité.

(1) Sen Dzaührdze.
(2) Tzahde.
(3) Mirmoun (Miromonte).
(4) Le Rauh.

De bonne heure on dut y faire des travaux de fortification plus ou moins permanents. La très ancienne famille qui a porté le nom de ce lieu était peut-être d'origine gauloise ; elle remontait en tout cas à l'époque gallo-romaine, puisque Saint-Amable en sortait, lequel né dix kilomètres plus à l'ouest, à Chauvance, mourut en 476 et fut contemporain de Sidoine Apollinaire.

Que d'épisodes oubliés, mais terribles, ce vieux rocher pourrait raconter s'il s'animait ! Les éboulis qui l'entourent contiennent beaucoup d'ossements brisés, ossements humains sans nul doute.

Un de la Roche prit part à la première croisade et son tombeau se voit encore dans l'église de Montfermy. Les Anglais détinrent la forteresse pendant plusieurs années en même temps qu'Ambur. Louis II, duc de Bourbon, s'empara de l'une et de l'autre en 1375 par « fort assaut, dit Christine de Pisan, car c'étaient moult fortes places ». Vers la même époque s'éteignit sans postérité le dernier descendant mâle de cette maison, A. Jean Le Camus, vicomte de la Rochebriant. Cette terre sortit définitivement de cette maison dans la première moitié du xvie siècle. Cependant le nom était glorieux et les nouveaux possesseurs s'en parèrent toujours. Aujourd'hui encore il existe à Paris un vicomte de la Rochebriant qui évidemment n'a jamais vu le rocher dont il est fier de porter le nom. Le château a disparu depuis longtemps. Peut-être le duc de Bourbon le ruina-t-il et on ne le reconstruisit pas. Dès qu'un peu de sécurité survint, l'homme déserta cette aire de vautour, fort pittoresque à coup sûr, mais par trop solitaire. Les paysans durent accourir, suivant leur coutume, et s'ap-

proprier tout ce qui avait une valeur. En deux ans ils ruinent un édifice qui pourrait durer mille ans. Ainsi ont péri Ambur et la Chartreuse sous la Révolution.

AMBUR. — Ambur est moins ancien que la Rochebriant, parce que, pour s'y défendre, il faut une forteresse. Cependant au xiie siècle il existait — et sans doute depuis longtemps — une terre qualifiée de baronnie et une famille d'Ambur. Cette terre était bornée par le Sioulet. la Sioule et deux ruisseaux qui, issus des plaines de Meyrol, se jettent l'un en passant sous la Barre dans le Sioulet à la Vernède (1), l'autre dans le ruisseau de Tourdu, au Four de Lalement (2). Mais les empiètements des Chartreux écornèrent fortement Ambur à l'est, jusqu'au jour où les de Gimel, peu superstitieux, acquirent cette terre et les arrêtèrent net pour des siècles.

Ambur avait un fief, les Chaumes. En 1259, Aysseline, veuve de Léonard des Chaumes, vendit aux Chartreux en son nom et celui de ses enfants en bas-âge, Pierre et Stéphanie, la forêt, les terres et les prés du tènement de Chanteloube (3), englobant le village d'Andan, pour le prix de 9 livres nivernoises et un setier de seigle. C'était un gros cadeau mal dissimulé. Evidemment la dévote Aysseline s'était laissée circonvenir. En 1276, Pierre des Chaumes devenu grand essaya bien de réclamer la moitié de ce tènement ; mais trop petit sire sans doute et

(1) La Vzarneda (lieu où abondent les vergnes, lau vzargnae, mot probablement celtique).
(2) Foun de Laleman.
(3) Tzantaluba (cantat lupa).

malgré la violence des temps, il lui fallut tran-
siger pour 7 livres et 3 quartes de seigle supplé-
mentaires. Je ne condamne ni n'approuve.
Certes les moyens de tout temps employés par le
prêtre ou le moine pour s'emparer du bien d'autrui ne sont qu'une escroquerie à la peur de l'enfer.
Mais au Moyen-âge le serf et le vilain y gagnaient ;
le moine était moins brutal que le baron. Il
faisait bon alors vivre sous la crosse.

En 1245 Raoul d'Ambur fait don « à la maison
du Port Sainte-Marie de la forêt appelée Orcival
(1), située à côté de la forêt de Montaigut (2),
qui appartenait déjà à ladite maison. De plus
il donne tous les cens de blé et d'argent et tous les
droits qu'il possède sur le village de Béon et ses
appartenances. » C'était une époque de foi qui
fut d'un bon rapport pour les couvents : 3 ans
plus tard Saint-Louis partait pour la 7e croisade.
Cette forêt d'Orcival ne peut être que la portion
qui est sous l'Etramaille (3) et le nom oublié d'Orcival (val d'enfer) convenait bien à la gorge à
pic et profonde du Ru du Gaut (4). Béon ne
peut être que l'Etramaille ou la Serre ; mais la
Serre n'a pas changé de nom : c'est donc l'Etramaille. Certes ce village pourrait avoir disparu :
pendant la guerre de 100 ans et plus tard pendant les guerres de religion beaucoup de villages
furent détruits, mais leur nom est resté à l'emplacement ; or aucun endroit ne s'appelle Béon
aux alentours d'Ambur. Certains villages n'ont
pas changé de nom, mais d'autres en ont changé

(1) Auhrcheva (orci valle).
(2) Mountaegu (moute acutu).
(3) L'étramahlha.
(4) Le rih dao goh (ri vient de **rivo**, **goh** de **wald**).

plusieurs fois : ainsi Triollet (1) s'appela jadis Nouvel-Hermite, plus tard Lissart (2) (l'essart). Béon est peut-être un vieux mot celtique et le sens m'échappe. Quant à l'Etramaille j'y verrais « les trémails » ou « les tramails » : on y a peut-être fabriqué les filets à trois rangs de rêts superposés qu'on nomme ainsi. Les Chartreux, ne devant d'après leur règle manger d'autre chair que celle du poisson, se réservèrent toujours jalousement le droit de pêcher dans la Sioule et créèrent partout où ils purent des étangs à grands frais. Le mot « trémail » est de langue d'oïl et je ne sais s'il fut aussi de langue d'oc. Mais nos régions étaient sur la limite des deux idiomes, très tôt des mots français s'introduisirent dans notre dialecte limousin. Ainsi dans Ru du Gaut, gaut (forêt) avec un o ouvert, pourrait être importé de la langue d'oïl.

Notre famille habita Béon-les-Tramails jusqu'en 1829.

Au xive siècle Ambur passa aux mains de la puissante maison de Gimel, près de Tulle. En 1616 Ambur était tombé en quenouille. Françoise de Gimel épousa un de Villelume : le dernier représentant des de Villelume est aujourd'hui, ou était il y a peu de temps, forgeron à Mérinchal. Après les de Villelume, Ambur fut possédé par les de Bonnevent, puis par les de Seiglière, puis par une famille d'origine écossaise, les de Blair ; enfin cette terre fut achetée en même temps que la Rochebriant par les Chartreux en 1748.

(1) Triaole.
(2) L'aessyah (l'essart).

GUILLEN SAGE

Le premier de mes ancêtres dont je connaisse quelque chose est Guillen Sage (1), « maître charpentier », lequel vivait sous Louis XIIIe, par la grâce de Dieu roi de France et de Navarre. Selon toute vraisemblance il était étranger au pays et devait venir de la région bordelaise. Il ne fut qu'artisan et travailla toute sa vie aux toitures de la Chartreuse, non seulement comme charpentier mais aussi comme tuilier. Cependant à un moment donné il dut détenir un peu de terre au moins à ferme, car il posséda des moutons. Ce n'est pas lui, c'est son fils François qui « rassembla la maison ». Célibataire, il résida sans doute au couvent, mais après son mariage son domicile fut à l'Étramaille, car nos moines tenaient à distance les femmes, bêtes dangereuses.

Qu'il vint de Gascogne on peut l'inférer de son prénom et de notre type physiologique. Je ne dirai rien du nom. Sage, orthographié aussi quelquefois Saige, pourrait être un nom français, mais il est plus probablement la francisation du mot de langue d'oc **Sâby**, **Sávi** (2), qualificatif de l'homme adroit, qui sait à fond son métier. Ce nom propre est rare partout, mais il existe à Bordeaux et ailleurs dans le Midi : un député de

(1) Guilhen Sahdze.
(2) Sahdze est la prononciation patoise de sage et vient du français.

Bordeaux à la Constituante s'appelait Joseph
Saige. Je ne sais s'il a un rapport quelconque
avec Le Sage, nom du Morbihan.

Le prénom Guillen, qui veut dire Guillaume,
est caractéristique du Midi. Plusieurs troubadours
le portèrent. Il fut jadis commun dans toute la
Gascogne et aussi en Espagne : rappelons Guillen
de Castro. Je ne sais s'il fut jamais donné en Auvergne ; en tout cas lorsque notre aïeul arriva
dans nos montagnes, son prénom alors insolite
y fit sensation, car il nous est resté depuis comme
sobriquet. On dit « les Guillen » ; chez nous, c'est
« chez Guillen ». Sage est réservé à l'état civil.

Nous avons un type physiologique archaïque
et tenace, qui se reproduit malgré les femmes. Ce
type est surtout commun en Gascogne : c'est
celui de Henri IV, de Montaigne ou plus exactement de Clément Marot. S'il n'est pas beau chez
nous, il l'est chez d'autres. Corps ramassé,
taille moyenne, il semble massif et lourd ; cependant les membres sont souples, les mouvements
vifs. C'est un bon outil à tout prendre. La tête
est généralement volumineuse, le front haut ;
mais le prognathisme est marqué. Les cheveux
et la barbe châtain-clair sont volontiers crépus ;
les yeux bien ouverts sont bleus. Détail curieux :
les sourcils se rejoignent et les paupières sont lé-
gèrement obliques. Nous descendons peut-être
tout droit de l'antique race dont on retrouve
les essais artistiques aux Ayzies.

Au moral presque tous, mâles et femelles,
nous sommes d'esprit prompt, intelligents, actifs,
peu égoïstes, d'inclinations bienveillantes pour
autrui. Mais en revanche nous sommes plus
conservateurs qu'entreprenants, autoritaires, co-

léreux à l'excès, volontiers vantards et hâbleurs.
Bref nous ne sommes pas encore parfaits.

Comment et pourquoi Guillen Sage vint-il à
Saint-Jacques ? On ne peut que faire des conjec-
tures. La Chartreuse fut fort endommagée par les
Huguenots durant les guerres de religion. Au
retour de la paix elle tombait en ruines. On travailla plus ou moins activement à sa restauration
pendant tout le xviie siècle. Guillen ne dut pas
faire partie d'une équipe amenée par un entre-
preneur, car il ne serait pas resté attaché au couvent. Peut-être fut-il embauché vers 1630 ou
1635 par Antoine de Bretanges, qui fut prieur
de la Chartreuse de Bordeaux de 1630 à 1638.
Ce moine, auvergnat d'origine, deux fois prieur
au Port Sainte-Marie, s'occupa toujours très
activement des affaires temporelles de son ordre,
dans tous les couvents où il passa. Guillen serait
arrivé au Port sous le priorat de Bruno Vazeilles
et ce devait être alors un jeune homme d'environ
vingt-cinq ans. En ces années-là Richelieu faisait
démolir les plus fameuses forteresses de l'Auvergne : Montpensier, Nonette, Usson.

Enfin j'ai un document qui établit qu'en 1604
il n'y avait aucune famille du nom de Sage ni
à l'Étramaille ni aux environs. C'était six ans
après l'Édit de Nantes. Henri IV essayait de
remettre un peu d'ordre en ce pauvre royaume
qui était à bout. Quantité de chartes et de titres
avaient disparu pendant les guerres civiles : tout
était remis en question. Dom Antoine de Bretanges, alors procureur du Port Sainte-Marie, con-
voqua tous ceux qui détenaient une parcelle
à un titre quelconque du « mas, tènement ou
domaine de l'Étramaille ou de Puy Jean » et

leur fit déclarer qu'ils reconnaissaient appartenir
« de toute ancienneté » à la directe seigneurie
de la Chartreuse, en toute justice, haute, moyenne et basse. Ce mas était limité : de jour par
la forêt; de bise ou traverse par le ru de la Môle (1);
de midi par le chemin de la Serre à Saint-Jacques ; de nuit par les terres du Seigneur d'Ambur, desquelles un tertre et des bornes le sépa-
raient. Les tenanciers étaient : les Pourtier
(d'Andan), les Grange (2) et les Brayon (de l'É-
tramaille et de la Serre), les Gardon (3) (de la
Pêche). Mais aucun Sage ne figure dans le document en question.

Voici maintenant des renseignements certains
sur Guillen Sage. En 1640 il épousa Anna Guillot (4) qui n'avait que dix-huit ans. Six enfants
naquirent de ce mariage : Jacquette ou Jeanne
en 1641 ; Laurence en 1644 ; Jacques en 1647 ;
Anna en 1648 ; François en 1654 ; Antonia en
1657. Donc deux garçons et quatre filles.

En 1651 à la prière de Jean Julien Hazet,
prieur de la Chartreuse, Louis XIV établit
trois premières foires aux Ancizes (5), puis cinq
autres en 1653.

Les grands jours d'Auvergne furent tenus en
1665 et ils nous montrent quelle était la violence
et l'iniquité des nobles Auvergnats et combien le
prêtre ou le moine était préférable à ces hobe-
reaux sans foi ni loi.

Durant toute la vie de Guillen Sage la peste

(1) Le Rih de la Mauhla.
(2) Grendza.
(3) Gardu.
(4) Nanna Guilhauh.
(5) Lahz Enchezah.

sévit en Auvergne, avec des périodes d'exacer-
bation et des périodes d'accalmie, principalement
dans les villes et dans les gros villages compacts
et malpropres de la plaine.

Jeanne Sage épousa Antoine Esmard de Riom,
vigneron. En dot son père lui donna 24 livres,
plus 6 brebis estimées 10 livres ; sa mère, 4 livres.
Ces 24 livres étaient dues à Guillen par 5 créan-
ciers qui s'engagèrent devant notaire à les payer
à A. Esmard. Ce fait prouve d'abord que l'argent était alors très rare, ensuite que Guillen,
artisan au couvent, en gagnait et en prêtait
à beaucoup de personnes autour de lui. Au reste
il dut laisser à son fils François des économies
appréciables, car celui-ci, encore très jeune et
n'ayant pu beaucoup gagner par lui-même,
acheta néanmoins du bien et construisit une maison.

Guillen mourut le 14 septembre 1675. Il ne
savait ni lire ni écrire. L'année précédente
Turenne avait incendié le Palatinat.

FRANÇOIS SAGE

Je ne sais ce que devint Jacques Sage, l'aîné de Guillen : peut-être mourut-il jeune ; à cette époque il naissait beaucoup d'enfants, mais il en mourait en proportion. A la mort de son père François n'avait que vingt ans et par conséquent était encore mineur, puisque à cette époque on n'était majeur qu'à vingt-cinq ans révolus. Néanmoins six mois après, le 1ᵉʳ mars 1676, il acheta de Nicolas Brayon un coin de terre à l'Étramaille pour se bâtir une maison, ce qui prouve que Guillen n'en avait pas eu à lui. Cet emplacement se trouvait « au terroir de la Varenne (1) ». Il contenait une « quartelée de terre » environ, était limité : de jour par la grange et la maison du vendeur ; de midi par la terre du même ; de nuit par le chemin allant du ru du Gaut à l'Étramaille ; de bise ou traverse par le communal. Prix : 18 livres tournois, versées aux Chartreux, du consentement du vendeur, en paiement des arrérages de cens dus par celui-ci. Le pignon de N. Brayon devait être mitoyen ; François avait le droit d'y poser le faîtage et les autres bois de sa toiture et l'entretien incomberait aux deux per moitié. Notre famille a vécu là un peu plus de cent-cinquante ans.

François Sage épousa Anna Grange, fille à

(1) La Varena (la varenne) signifie *lieu inculte*, autrefois *lieu interdit à la culture*.

George, dit Pigoux (1), du même village ; je ne sais en quelle année. Les Grange, tous parents, plus ou moins éloignés, étaient alors nombreux aux alentours.

Le 25 juillet 1680, François acheta pour la somme de 40 livres de Bonnet Pourtier de Martinèche un pré situé « dans les appartenances de la Pêche, au terroir de Saigne noire (2) », contenant un demi-journal environ et dépendant de la seigneurie d'Ambur. Ce doit être le premier pré que nous ayons possédé. Ce « demi-journal » ne permettait pas l'élève d'un nombreux bétail et François devait avoir recours aux voisins pour charrier sa moisson dans sa grange.

Guillen avait travaillé toute sa vie au couvent et n'avait eu ni le goût ni le temps de labourer. François, lui aussi, travailla toute sa vie à la Chartreuse en qualité de tuilier, mais on sent qu'il eut de longs chômages : il se tourna donc vers la terre.

En ce bon « vieux temps » tous les rapaces qui vivaient de Jacques Bonhomme fondaient sur son blé et sur son bétail, les seuls articles qui eussent une valeur : l'argent était rare, les autres fruits ne se vendaient pas. Aussi arrivait-il au paysan d'avoir des terres toutes façonnées et de n'avoir pas de semence à y mettre ni d'argent pour en acheter. Un fait frappe : le sol est à vil prix et ses produits à un prix exorbitant : un hectolitre de blé paie souvent un hectare de bon terrain. Le paysan à court de grains cherchait un voisin qui pût ensemencer le champ et

(1) Pigauh.
(2) Sahgna naera (sahgna signifie en français mouillère et vient de *sanguine* ou *sanie*).

on se partageait la récolte par moitié. C'est ainsi
que François ensemença entre autres, durant
des années, la terre de la Vesse (1), qui appartenait à Nicolas Brayon, son voisin, et celle de la
Pécherie qui appartint aux Grange, puis aux
Brayon de la Serre. Chaque fois un contrat en
bonne et due forme était passé devant notaire,
et François faisait stipuler que sa moitié lui
serait charriée dans sa grange.

Enfin le 4 novembre 1686 Nicolas Brayon vend
cette terre de la Vesse à François ; le 4 mai 1690
le même Brayon vend la même terre à Jean
Chevalier d'Andan : on voit que la Révolution
n'a pas changé l'âme paysanne. François dut
plaider au baillage de la Chartreuse et il obtint
un jugement contre Chevalier, le 8 juillet 1694.

Du reste les années 1693 et 1694 furent pour
François une période d'ennuis et de procès ; et
il semble bien que le droit et la bonne foi aient
été de son côté.

Jean du Gour, maréchal, avait fait pour
35 sous de travail dans la maison de François.
Celui-ci ne payait pas : du reste il fut toujours
lent à mettre la main à la poche, soit qu'il n'aimât
pas le geste, soit que cette poche fût vide. Du
Gour l'assigna au baillage de la Chartreuse et
François fut condamné par défaut, « faute de
comparoir ». Dépens 24 sous, 4 deniers, pour une
dette de 35 sous.

François avait une obligation de 10 livres
10 sous contre Jacques Gardon de le Pêche.
Celui-ci ne payant pas, le 22 janvier 1693 on lui
envoie l'huissier du baillage d'Ambu qui fait

(1) La Vessa.

sommation, éprouve un refus, veut entrer dans la maison et saisir. Jacques Gardon lui barre le chemin, ferme la porte et avec des jurons lui dit : « Si tu passes, je te tue ». Ah ! on aimait bien les recors en ce temps-là. L'huissier dut reculer et alla rédiger un beau procès-verbal.

Je ne sais ce qu'il en coûta à Gardon.

De 1691 à 1694 une affreuse famine sévit et la mort par la faim fut commune. On ouvrit un « bureau de charité » à Clermont pour distribuer du blé aux pauvres.

Cependant voici comment on recouvrait les impôts. Le 17 novembre 1696 le sergent Michel Guillot se présente au domicile de Michel Grange, beau-père de François Sage, et le somme de payer 11 livres de principal et 45 sous de frais, en vertu d'un jugement pris contre lui à la requête de Jacques Buisson, fermier général. Refus, et pour cause. Le sergent veut saisir, mais ne trouve rien. Alors il se rend chez François Sage et sous prétexte que son beau-père aurait pu mettre chez lui ses biens meubles en sûreté, il saisit ce qu'il trouve : « un char de foin » et un « bouyard » (?) de paille. Puis il lui fait défense de s'en dessaisir, sinon c'est lui, Sage, qui paiera ; et pour que celui-ci n'en ignore, « on lui baille copie ». C'était le grand règne et le soleil de Versailles, quoi qu'un peu terni déjà, rayonnait encore sur toute l'Europe.

C'est en 1693 que commença le grand procès François Brayon et Claude Meyronne d'une part, et François Sage d'autre part. Ce dernier avait alors trente-huit ans. Cette fois ce fut sérieux et il fallut aller à Riom. Riom est une toile d'aragne où viennent et sont venues de temps

immémorial se faire sucer le sang jusqu'à la dernière goutte toutes les mouches chicaneuses de l'Auvergne. C'est une glorieuse petite ville qui a donné le grand Rouher à l'Empire et le non moins grand Clémentel à la République. Revenons à notre affaire. Le 3 décembre 1653, Michel Grange, dit Pigoux, devant 14 livres à Arnaud Brayon, son voisin, lui vend à réméré pour cette somme sa terre de la Pêcherie. Le 15 octobre 1663, George Grange, fils du précédent vend au même pour 33 livres la terre, pâtis et bois des Ramades (1), contenance 10 quartelées. Le 2 novembre 1686, François Brayon, fils aîné d'Arnaud, âgé de vingt-trois ans, résidant à Saint-Bonnet Lachamps, près de Rochefort, et Claude Meyronne, son beau-frère, vendent ces héritages à François Sage pour 66 livres. L'acheteur ne donne pas d'espèces, mais consent une obligation de 36 livres au vendeurs ; le reste devait être payé aux deux autres enfants, encore mineurs, Nicolas et Jeanne, quand ils seraient d'âge.

En 1693, François Brayon, de retour à l'Étramaille, feint d'ignorer la vente et signifie par huissier à François Sage d'avoir à évacuer les héritages. Naturellement celui-ci refuse, exhibe son titre : on plaide. François Brayon et Claude Meyronne obtiennent des lettres patentes rescindant la vente, sous prétexte qu'au moment où elle fut passée ils étaient mineurs. François Sage avait malignement surpris la bonne foi de ces enfants de vingt-trois ans. En outre ils font valoir qu'ils n'ont pas touché un sou, et

(1) Lah Ramadah (ramata).

cela était vrai. François Sage ou plus exactement
son procureur — on dirait aujourd'hui son avoué
— rétorque : les lettres de rescision sont sans
objet ; le défendeur n'a fait que rentrer en possession d'héritages vendus sous faculté de ra-
chat par le grand-père et le père de sa femme. S'il
n'a pas payé, c'est qu'il a entre les mains des cré-
ances de sa sœur Laurence et une saisie-arrêt des
Chartreux contre Arnaud Brayon. Ce dernier en
effet semble avoir de son vivant payé peu et em-
prunté beaucoup : ainsi fait-on les bonnes maisons. Peut-être que les temps lui étaient durs,
peut-être aussi qu'il buvait. L'argent était rare,
mais le vin était bon marché et les paysans, qui
circulaient avec leurs chariots presque autant
qu'aujourd'hui, devaient en rapporter de la
plaine ; ils y allaient tantôt pour le compte des
seigneurs, tantôt pour eux-mêmes, tantôt pour
le fisc. Ainsi ce dernier passait avec eux des for-
faits pour qu'ils allassent quérir à Aubusson le
sel consommé dans le pays. En outre, comme en
Espagne, des caravanes de mulets au bât garni
de grelots ont transporté les marchandises le
long de nos mauvais chemins jusque vers 1830.

Je n'ai pas le jugement définitif de l'affaire
Brayon-Sage. Mais celui-ci dut gagner son procès,
car les Ramades en partie et la terre de la Pêcherie sont toujours dans la famille.

A partir de 1700 le nom de Brayon disparaît
complètement du pays ; un autre apparaît, celui
de Rossignol (1), maître cordonnier.

En 1691 survint la disette qui alla en empirant ;
en 1694 la famine fut épouvantable ; le 5 juillet

(1) Rauhchegnauh.

à la foire d'Auzance le setier de seigle se vendit 27 livres, presque le prix de 10 quartelées de terre. De 1691 à 1695 le prix moyen du setier fut 10 livres, somme énorme. C'était un temps à souhait pour se mettre entre les griffes de la basoche.

JACQUES SAGE

Jacques fut celui des enfants de François qui continua la maison, partant l'aîné selon toute probabilité. Il fut non pas tuilier, mais menuisier et travailla constamment à la Chartreuse. Même il y résidait au moment de son mariage et il semble y avoir gagné beaucoup d'argent pour l'époque. Ses garçons y reçurent une certaine instruction. A partir de lui les hommes dans la famille furent tous menuisiers et les aînés travaillèrent au couvent jusqu'à la Révolution. Ce furent évidemment eux qui façonnèrent ces boiseries — chaires, stalles de chœur, parquets, etc. — qui furent proclamées des chefs d'œuvre en leur genre ; dispersées à la Révolution, beaucoup existent encore dans des églises ou des demeures privées. Ma génération est la première — et je le regrette — où personne n'ait appris le métier ; mais le frère de mon père l'apprit encore par tradition, bien qu'il l'ait peu exercé.

En 1709 hiver terrible : tous les noyers de la Limagne périrent.

En 1716 Jacques Sage épousa Marie Monnet,
qui avait alors environ 25 ans et se trouvait au
service de Gilbert Boucheret, sire de la Rib.yre :
ce hobereau sans conséquence fut témoin au contrat. Le fiancé devait avoir au moins trente ans.
En ce temps-là comme aujourd'hui nos garçons
étaient plus pressés de «se mettre la corde au cou»
mais Jacques avait dû apprendre son métier et
l'apprentissage autrefois était long.

. Le contrat fut passé le 7 janvier 1716. François
Sage présent donnait à son aîné le quart de tous
ses biens en sus de la part revenant en propre
à celui-ci ; en outre il prenait à sa charge les
frais de la noce, cependant la mère de la fiancée
fournirait 5 pots (80 litres) de vin. Quant aux
frais du repas des fiançailles, cette dernière les
paierait intégralement.

La fiancée était dotée par sa mère, Louise
Conchon. Cette Louise Conchon avait eu plus
de 300 livres de dot, une grosse somme : on va
voir tout ce qu'on pouvait acquérir de terre
pour 180 livres. Aussi se maria-t-elle trois fois :
en 1680 avec Antoine Fournier de Villevicille
(paroisse de Saint-Pierre-le-Chastel) ; en 1692
avec Antoine Monnet de Vauriat (paroisse de
Saint-Ours) ; enfin avec Michel Chaurier de la
Corrède (paroisse de Bromont). Elle donnàit à sa
fille 200 livres, se réservant toutefois l'usufruit
de 100 livres, sa vie durant. Mais le lendemain
même elle prétendit avoir été circonvenue et
Jacques Sage dut lui rendre 40 livres. Comme
meubles la fiancée recevait : un lit garni suivant
sa condition, 6 draps, 6 serviettes, 1 nappe, 1 coffre fermant à clef, 6 paires d'habits, 12 chemises
et son linge menu.

Au contrat fut présent entre autres parents et
amis Claude Sage, un des frères de Jacques.
Il n'est pas question de la mère de celui-ci, elle
était donc morte. En cette année 1716 le régent
adopta le système financier de l'écossais Law.

En 1721 dom Angelot, coadjuteur au Port-
Sainte-Marie, renonce à une succession qui lui
échoit à l'Etramaille, en faveur d'Antoine
Grange, alors en service à Cornet. Ce dernier la
cède à son tour à Jacques Sage, son cousin,
pour la somme de neuf-vingt huit livres (188).

Ce moine passa toute sa vie au Port, fait assez
rare, car de leur gré ou par ordre les Chartreux
changeaient souvent de maison. Il occupa tous
les grades jusqu'à celui de prieur ; il semble avoir
été très actif, très dévoué à son ordre et très entendu en affaires. Angelot est évidemment un
pseudonyme. L'abbé Mioche ignore et le nom véritable et l'origine de ce moine. Cette succession
nous indique l'un et l'autre : c'était un Grange
de l'Etramaille. De tout temps les rangs du clergé,
régulier et séculier, furent largement ouverts à
tous, et ceci est grandement à l'honneur de l'E-
glise. Au Moyen-Age la noblesse non plus ne fut
pas une caste fermée : un homme, un vrai, était
plus rare qu'une tour à prendre. Un cœur ferme,
un bras solide, le grand chemin, et on pouvait
prétendre à tout !

Voici le nom et l'étendue des héritages cédés :
une terre au terroir du fournil (1), 5 quartelées ;
une autre au même terroir, 3 quartelées ; une
terre au terroir du ru du Gaut, 5 quartonnées ;
une autre au terroir des Segas des Rieux (2),

(1) Fournyah.
(2) Lah Sedzah dao Ryao (secata rivorum).

2 quartelées, indivise ; aun autre appelée la Charrat (1), 1 septerée; une autre appelée Puy Jean (2), 1 héminée ; une autre au terroir des Rivaux (3), 3 quartonnées, indivise ; une autre au terroir de Montourdeix, 3 quartonnées, indivise ; une autre à Andan, terroir des Rivaux, 7 quartonnées, indivise ; une friche appelée de la Croix de la Serre (4), 3 quartonnées, indivise ; une friche appelée de la Croix du Moulars (5), 1 quartelée, indivise. Jacques Sage paya comptant 92 livres et promit de verser le reste à la Saint-Martin d'hiver de 1722.

En cette année 1721, la peste ravage le Gévaudan : les marchands qui en viennent ne sont pas reçus en Auvergne ; en 1720 Marseille avait perdu 40.000 personnes.

Le 9 mai 1722, Jacques Sage, accompagné d'un notaire et de témoins prit officiellement possession de ces héritages. Il marcha tout autour « fit plusieurs entrées et sorties, prit de la terre et des pierres et les jeta en l'air, rompit des branches aux haies. » Après quoi il fut chez lui bien incontestablement.

Anne, sœur aînée de Jacques, épousa en 1704 un voisin, Philippe Rossignol. Dot : 100 livres, plus quelques meubles et bestiaux ; laquelle dot ramenée à 85 livres par accord entre les parties, fut payée en 1722, le jour de la fête de Saint-Pierre.

(1) La Tzarah (carrara, de carrus, chemin où peut passer un véhicule).
(2) Peu Dzouan (podium Johannis).
(3) Lau Rivoh (rivicelli).
(4) La Crou de la Sahra.
(5) La Crou dau Moulah.

Jacques n'avait pas encore assez de bien, il en affermait : en 1721 il prend ainsi pour 6 ans un pré sis à Saigne noire, loyer 8 livres 15 sous l'an ; en 1728 pour neuf ans une terre à Puy Jean, loyer 30 sous l'an.

Quoique relativement patients avec leurs censitaires, il arrivait aux Chartreux de se fâcher. Le 22 février 1729 ils font saisir Pierre Pourtier de l'Etramaille, charpentier. Voici sur quoi l'huissier trouve à mettre la main : un justaucorps d'homme en serge grise, neuf ; 11 aunes de serge grise en un rouleau ; 15 quintaux de foin ; 100 gerbes de paille de seigle. Jacques Sage fut nommé gardien du séquestre et dut, étant l'obligé des Chartreux, accepter le mandat.

Benoît, frère de Jacques, s'était établi comme menuisier à Pontgibaud. En 1726 il épouse Françoise Scoly ; ses parents et son frère lui promettent comme dot 100 livres plus un coffre de frêne garni de linge. N'ayant encore rien reçu en 1734, Benoît envoie du papier timbré à son frère ; enfin il est payé en 1737, 66 livres en argent, le reste en outils.

Marie Sage, une autre sœur à Jacques avait épousé en 1724 Gilbert Pourtier de la Barre, fils à Jean. La plupart des villages des environs possédaient alors des Pourtier, tous parents. En 1730, le père et le fils meurent à peu d'intervalle; le fils ne laissait point d'enfants, mais son frère et sa sœur étaient encore mineurs. Le Conseil de famille réuni nomma tuteur Pierre Pourtier des Ysserts et fut d'avis qu'il fallait restituer à la veuve ses gains et ce qu'elle avait touché de sa dot. Le tuteur se déroba ; d'où en 1736 et 1737 procès au baillage d'Ambur, modeste tribunal,

et où, cependant, on noircit presque autant de papier que si on était allé à Riom et pour un prix aussi peu avantageux. Marie Sage ne se remaria pas et gagna sa vie de droite et de gauche comme servante ; malchanceuse, esprit brouillon, un jour elle cherchait noise à son frère aîné, un autre elle lui donnait tout son pauvre avoir, quelques hardes et une rente de 4 livres, par un bel acte authentique sur parchemin. Toutefois elle s'en réservait l'usufruit tant qu'elle vivrait, et cela se comprend.

Une autre sœur du même prénom eut plus de chance. Elle épousa Annet Quinty, métayer au domaine de Font Martin (1), et prospéra.

Une autre sœur encore, Françoise, épousa Claude Fretet, tisserand à Effiat, près d'Aigueperse.

Enfin un autre frère, peut-être le Claude que nous avons vu figurer au contrat de Jacques, fut frère convers à la Chartreuse. Je n'en sais pas plus long sur son compte. J'ai eu entre les mains un document qui portait de son écriture, haute, élégante, témoignant d'une instruction incontestable ; j'avais remarqué la ressemblance de cette écriture avec la mienne, ce qui prouve que les gestes s'héritent comme le reste. Mais ce papier auquel je tenais a été détruit chez moi... et je ne puis l'oublier.

François Sage et Anna Grange laissèrent donc au moins sept enfants. Jacques à son tour en laissa huit. Philippe suivit un si bel exemple. Jadis le peuple de France était prolifique, mais la faim fauchait dur.

(1) Foun Marti (Fonte Martini).

En tout cas l'aîné qui avait à « sortir » ses nombreux frères et sœurs était à plaindre, malgré les avantages qu'on lui consentait : il passait sa vie dans les « dûs ». Et cela recommençait à chaque génération. C'est en disputant toujours à quelqu'un ou à quelque chose sa terre si aimée que le paysan est devenu tenace.

Parlons un peu de la petite propriété française, que la Révolution a dégrevée, non créée. Elle a du bon et du mauvais. Elle perpétue la famille : ainsi chez nous seule a duré la branche aînée, la souche. Elle fixe l'homme au sol, en fait un travailleur rude, économe, dur au mal. C'est grâce à ce paysan que notre France est restée forte, malgré des coups qui auraient assommé un autre pays. Mais la médaille a son revers : l'homme piétine sur place, reste fruste, hait le progrès, se nourrit et se soigne mal. Craignant la mutilation de « son bien », inquiet du reste pour sa progéniture, il la limite à l'excès.

Quoi qu'il en soit, pour faire un homme il n'y a que le labourage ou la mer ; l'industrie tue les races. C'est la charrue qui a fait les premiers Romains, les soldats de la Révolution et de l'Empire, les Japonais de Moukden, les Bulgares et les Serbes de 1912.

PHILIPPE SAGE

Jacques ne « régla pas sa maison » comme son
père. Avant la Révolution la loi laissait à cha-
cun la moitié de ses biens comme quotité disponible ; depuis, cette quotité a été réduite au
quart. Mais cette restriction est si peu à l'abri
de la critique qu'on songe à élargir le droit de
tester. D'autre part certains, des citadins, trouvent inique ce quart que le paysan invariable-
ment attribue à son aîné. Sans cette disposition
le territoire déjà trop morcelé s'émietterait, les
« maisons » disparaîtraient.Ces maisons-souches
sont une grande force morale et c'est à bon droit
que jadis l'aîné était respecté presque à l'égal
du père. Mais aussi quelque bas que fût tombé
l'homme sorti d'une maison respectable, il se
respectait encore et il était encore respecté par
déférence pour le tronc dont il était une branche
pourrie.

En 1741 on planta des arbres sur les anciens
fossés de la ville de Riom : beaucoup existent
encore.

Philippe épousa Marguerite Tâchet de la
Pêche, fille à Marien. Le contrat fut passé à
Pontaumur(1), le 26 janvier 1742. Dot de la
future : un lit de plume garni de ses « couettes »,
coussin, couverture de serge du pays barrée
(rayée), 8 linceuls (draps), 8 serviettes, une nappe

(1) Pountaomeu.

ouvrée, un coffre en menuiserie bois de frêne et chêne fermant à clef, où se trouvent ses habits et menus linges ; 3 brebis mères avec leurs agneaux ; une génisse valeur 10 livres ; enfin 180 livres d'argent ; le tout estimé 240 livres.

Jacques et sa femme instituaient leur aîné « le vrai, seul et unique héritier de tous les biens dont ils mourraient vêtus et saisis », à charge de payer, si cela n'avait pas été fait du vivant des instituants, à Marie, Anne, Louise et Benoîte qui étaient à marier et à chacune d'elles le même mobilier qui avait déjà été donné à la fille aînée Marie, épouse de Gervais Mosnier (1), et 100 livres ; à Antoine et à Jacques Sage, leurs autres deux fils, la somme de 30 livres à leur majorité ou quand ils se marieraient. Au moyen de quoi les enfants étaient « privés et forclos » de toute future succession. Toutefois si Philippe décédait sans enfants ou petits-enfants, les parents se réservaient le droit de désigner à sa place un autre de leurs fils.

Il faut remarquer la disproportion entre la dot des filles et celle des garçons : ceux-ci avaient leurs bras ; quant aux filles, trop peu de dot, pas de mari. Injuste en apparence, cette répartition témoignait d'une tendresse égale pour tous.

En 1753 et 1755 les vendanges furent si abondantes que le vin ne valut que 12 sous (1 fr. d'aujourd'hui) le pot (16 litres) ; on en faisait du mortier.

Benoîte épousa Benoît Lème, cloutier et maréchal-ferrant à Clermont.

Jacques Sage, nouveau Fanfan la Tulipe, fut

(1) Menuisier au Boucheix (Comps).

soldat au régiment de Nice, compagnie de M. Lenormand ; il reçut ses 30 livres en 1761.

Antoine s'établit menuisier à Riom et fut payé en 1763.

C'est en 1771 que le gouvernement introduisit en Auvergne la culture de la pomme de terre. Elle venait à point, car depuis deux ans la famine était atroce. L'abbé Terray, contrôleur général des finances, et le roi lui-même entrèrent dans le Pacte de famine. Tous les rapaces jusqu'au plus petit émouchet suivirent l'exemple des plus gros vautours du royaume : les notaires, les greffiers accaparèrent le blé et le revendirent à des prix incroyables.

Cette année-là J. B. Maigne, notaire à Chapdes et bailli de plusieurs justices, vend à Philippe Sage un setier de seigle 36 livres et cite le malheureux devant les juges et consuls des marchands de la ville de Riom pour le faire condamner par corps à payer.

Le 6 décembre 1772, Philippe Sage, pour un nouvel achat de blé, consent une obligation de 39 livres à Benoît Maigne, greffier de plusieurs justices, habitant Côtefaite (1), peut-être un parent du précédent. Cette obligation fut payée deux ans plus tard par Marien.

Philippe Sage et Marguerite Tâchet eurent 9 enfants, savoir : Anne, née en 1742 ; Marie en 1745 ; Marien en 1747 ; Françoise en 1751 ; Jeanne en 1753 ; Pierre en 1757 ; Jean en 1760 ; Jeanne en 1763 ; Antoine en 1767.

Philippe mourut en 1773 et sa femme en 1779. Il avait une belle écriture, ferme.

(1) Coutafèhta.

MARIEN SAGE

La fin de Philippe fut attristée et peut-être
hâtée par la dureté des temps. Jamais, même
sous Louis XIV, on n'avait été si malheureux. Les
hivers surtout étaient épouvantables : pas de
travail, la huche vide, le froid. Que devenir ?
Implorer le seigneur du village ? Il avait rallié
quelque centre ou la Cour s'il était huppé, aban-
donnant ses intérêts et sa justice aux mains
d'hommes d'affaires sans entrailles, notaires,
greffiers. Ces pous du paysan ont survécu à la
révolution ; organisés, solidaires, influents, ils
ont continué à rançonner sans scrupule Jacques
Bonhomme, désarmé par son ignorance. Il y a
huit ans l'un d'eux se fâcha parce que j'osai lui
réclamer un reçu et un paysan présent, qui lui
avait confié 10.000 fr. sans papier aucun, prit
son parti. Enfin les études croulent et le gouvernement manifeste une velléité de mettre le nez
dans leurs tripotages : nos enfants verront
peut-être ce prodige ; tout arrive.

C'est en ces années de famine que les couvents
étaient utiles. Car, soyons justes, les moines ne se
barricadaient pas tous dans leur fromage de
Hollande : ils donnaient. Combien de théories
d'affamés ont défilé pendant des siècles dans
cette étroite vallée du Port Sainte-Marie, aujourd'hui solitaire ! Dieu seul et les cimetières le
savent. Pourtant quand rougeoya 1792, tous les

paysans ne se souvinrent pas : pauvres chiens avides, ils ne virent que la proie offerte.

Au reste il oublie vite, le paysan. Pour lui 50 ans sont un long passé ; un siècle, c'est la nuit des temps. Cependant quand j'étais enfant, on se souvenait encore des famines et des « mal-vivre (1) » d'autrefois ; on frissonnait encore à y penser : il fallait qu'ils eussent été bien longs et bien cruels.

Marien trouva une situation peu enviable. Son père était mort intestat ; il avait 3 frères et 5 sœurs à pourvoir ; les dots de ses tantes n'étaient pas toutes payées. Néanmoins il s'en tira et acheta encore du bien. Il fut un homme remarquable d'ordre et de volonté. Il savait lire et écrire, comme ses frères du reste. Il fut le premier maire — on disait alors procureur — de la commune de Saint-Jacques d'Ambur, créée avec toutes les autres par le décret de la Constituante du 20 décembre 1789. Territorialement la commune se confondait avec la paroisse.

Comme son père et son grand-père Marien fut menuisier au Port Sainte-Marie et y résida jusqu'à son mariage. Il fut fidèle aux Chartreux jusqu'à la fin.

Le 26 juillet 1773, Marien paie à Henri Barbecot, meunier des Chartreux, 40 livres pour 1 setier et 1 hémine de seigle, achetés par Philippe. Toujours la famine ! Le 10 juin 1774, il rembourse une autre dette de son père, 30 livres à son voisin Antoine Pourtier, scieur de long.

Marie, fille cadette de Philippe, épousa en

(1) Mao vyaore

1772 Annet Diogon, laboureur, résidant au château de la Motte (1), paroisse de Bromont (2).
Elle eut en dot : 120 livres, 2 brebis avec leurs
agneaux, une « demi-armoire » estimée 38 livres.
Marien paya l'argent en 1776, les meubles en
1782. Notons l'apparition de l'armoire : avant on
ne se servait que du coffre long (3), qu'on plaçait
devant le lit.

Marien se maria lui-même en 1775. Le contrat
est du 17 janvier. Cette année-là Turgot proposait
ses grandes réformes qui, adoptées, eussent évité
la révolution. Marien épousa Charlotte Loubière
de Cornet, qui lui apportait en dot : un lit de
plume garni de ses couettes, coussins et couver-
tures de serge du pays barrée (rayée) avec son
tour de lit, huit linceuls (draps) de toile rousse
(écrue), 6 serviettes, une nappe de 3 aunes de
long de toile ouvrée comme les serviettes, un
coffre de bois de cerisier ferré, fermant à clef,
garni des habits et menus linges de la future ;
6 brebis avec leurs agneaux ; une génisse estimée
20 livres et enfin 430 livres d'argent. C'était un
riche parti. N'oublions pas qu'autrefois la fiancée
avait filé elle-même tout son trousseau à la quenouille. — Quant à Marien il ne pouvait être
avantagé du côté de son père, mort intestat.
Mais sa mère l'institua son seul et unique héritier, sauf la « légitime » que la loi garantissait aux
autres enfants. Dans le cas présent cette légitime
était d'un dix-huitième des biens de la mère,
puisque celle-ci avait 9 enfants et que la quotité
disponible était d'une moitié.

(1) La Mauhta.
(2) Bremou.
(3) L'artzu (d'un augmentatif d'arca).

Jeanne, autre sœur à Marien, épousa en 1777 Jacques Pigeon, tailleur à Bromont. La dot était toute payée en 1780.

Jeanne et Louise, deux tantes à Marien, n'avaient pas touché leur dot, promise depuis 35 ans. Les ayants droit se fâchèrent et Marien eut avec eux de longs ennuis : enfin il liquida tout de 1777 à 1786.

Sa plus jeune sœur lui vendit ses droits, le 17 janvier 1788. Marien paya comptant ; en outre il s'engagea à contribuer pour 30 livres aux frais du mariage qu'elle était sur le point de contracter avec un Michel Grange.

Le 19 mars de la même année, Pierre Sage, charpentier et scieur de long, résidant à l'Etramaille, vend à son tour tous ses droits à son frère et reconnaît avoir été déjà payé. Le coût des actes notariés est sensiblement plus élevé qu'il n'était une dizaine d'années plus tôt. En cette année le roi rappelle Necker ; la révolution s'annonce.

Ainsi à force d'esprit de suite et d'énergie, Marien consolidait peu à peu une situation qui avait été fort ébranlée. En 1789 il payait à la Chartreuse environ 15 livres de cens par an. Mais le cens n'était qu'une fraction des charges écrasantes qui autrefois grevaient la terre, charges que le paysan appelait «les dîmes et les rentes (1)». Ah ! L'affreux souvenir ! Le paysan d'aujourd'hui qui ne sait rien, qui a tout oublié, frémit encore quand on prononce en patois ces deux mots en sa présence. On dirait d'une blessure dont a saigné si longtemps et si douloureusement

(1) Lao déhmac e lah rentah.

Jacques Bonhomme qu'il ne peut plus en guérir.

Jean Sage, deuxième frère à Marien, fut soldat au régiment de Béarn, compagnie de M. d'Audant en garnison au Hâvre de Grâce. Passant au pays un congé de six mois il vendit ses droits à son frère le 4 décembre 1789 pour 140 livres, qu'il reconnut avoir déjà touchées du reste. L'acte fut passé à la Chartreuse par Ratoin, notaire, en présence de Jouberton, huissier résidant au château d'Ambur, et de Desparrin, domestique au couvent.

Ce Jean quitta l'armée vers 1795 et s'établit menuisier-ébéniste à Rouen. En 1807 il avait deux enfants, deux garçons, auxquels il faisait donner une instruction soignée. Une lettre écrite par l'aîné, gamin de onze ans, le 12 août de cette année-là est d'une calligraphie étonnamment sûre et belle : cet enfant promettait et je regrette d'ignorer ce qu'il devint. Jean fit venir du pays son plus jeune frère Antoine qui se maria et s'établit aussi à Rouen comme « menuisier-mécanicien ». Ouvriers habiles, les deux frères gagnaient largement leur vie. Vers 1811, ils avaient formé le projet de venir ensemble passer quinze jours au pays et dire à leur aîné « un éternel adieu », lorsqu'Antoine mourut le 22 octobre 1812, après 11 jours de maladie. Il n'avait que 45 ans et laissait une femme « sans état » et deux enfants en bas âge. Quant à Jean il avait perdu sa femme vers 1808.

Antoine n'avait rien touché. Sa veuve, misérable, écrivit pour réclamer ses droits. Marien répondit sans hâte : peut-être avait-il espéré que de tant de frères et de sœurs celui-là au moins était forclos puisqu'il était parti sans se faire

payer. Ainsi sont les paysans : à leurs yeux celui qui est au loin n'est plus de la famille et, pour le frustrer, ils s'entendront admirablement en dépit des plus violentes haines. En 1816, Marien était mort et l'affaire n'avait pas encore reçu de solution. Irrité, Jean n'écrivait plus directement, mais faisait des menaces de poursuites par l'intermédiaire d'un cousin de Riom, nommé Gallòn, Je ne sais comment cela se termina.

Le 13 août 1788, Marien acheta de Cristophe Rochefort de la Serre une friche, une « terre buge (1) », disent les notaires locaux, sise au terroir de la Côte de Fontvieille (2), contenant environ 3 héminées, pour le prix de 96 livres, plus 6 livres d'épingles et pot de vin. Le 21 février 1789 eut lieu avec les cérémonies d'usage la prise de posession, cette géniale trouvaille des grippeminauds de la basoche. Coût : 15 livres, 11 sous, 6 deniers. Ce n'était pas tou⁺. Conformément à un édit du mois de juin 1771, ces sortes de contrats devaient être ratifiés par des lettres patentes du roi : on les obtint le 8 mai 1789. Coût : 8 livres, 9 sous, 6 deniers. Enfin Marien était chez lui ? Que nenni. Le vendeur mort, sa veuve avait, paraît-il, le droit de demander à l'acquéreur de se désister ; mais, bonne femme, elle y renonça par acte notarié le 24 floréal, an 7. Ici je soupçonne un bon petit tour de tabellion.

Le prieur du Port Sainte-Marie, dom Gerle, fut un des députés du clergé aux États-Généraux. Il sortait d'une famille bourgeoise de Riom, donc appartenait au Tiers par naissance et les idées

(1) Na bouaedza (boschata).
(2) La Cauhta de Foun Véhlha.

de l'Encyclopédie durent de bonne heure péné-
trer jusqu'à lui. De là peut-être son évolution,
car bientôt il devint un fervent révolutionnaire,
partisan de Robespierre. Plus tard il tomba dans
des bizarreries politico-mystiques : indélébile em-
preinte du froc ! Je crois qu'il obéit à des motifs
élevés ; malheureusement il manquait de talent.

Mais naturellement le clergé réactionnaire
et les ouailles fanatisées n'ont voulu voir dans sa
conduite que sacrilège et abomination. C'est
ainsi que dŏm Gerle est devenu le Fantôme, auquel on croyait encore quand j'étais enfant.
Par les nuits de lune on voit souvent un fantôme
en froc blanc se promener dans les prairies du
bord de la Sioule. Il a une main d'étoupe et une
main de fer. Redoutable, il vient droit au passant
attardé qui n'a pas pu s'enfuir assez vite, le
caresse d'abord avec sa main d'étoupe, puis
l'assomme avec sa main de fer. Voilà ce qu'est
devenue là-bas une figure de rhétorique bizarre
échappée un jour de verve à je ne sais plus quel
orateur de la Révolution !

Le 2 novembre 1789 fut rendu le décret suivant : « Tous les biens ecclésiastiques sont à la
disposition de la nation, à la charge de pourvoir
d'une manière convenable aux frais du culte, à
l'entretien de ses ministres, au soulagement des
pauvres ». C'était la fin de notre Chartreuse,
qui avait déjà perdu ses cens et ses dîmes à la
nuit du 4 août.

Nos moines essayèrent au moins de sauver ce
qu'ils possédaient en espèces et en objets précieux. Ils firent fabriquer par leur menuisier,
Marien Sage, des caisses où ils les emballèrent,
mirent dessus l'étiquette « plomb » et les expédiè-

rent pour je ne sais quelle destination. Mais à
Moulins un fonctionnaire défiant les fit ouvrir
et confisqua ce plomb trop précieux.

Une autre somme de 100.000 fr., cachée provi-
soirement sous une marche d'escalier fut dérobée
par un domestique. Peut-être n'est-ce qu'une
légende, née de l'envie ; ce qui est certain, c'est
que cet homme, qui était de Saint-Jacques où
il a encore des descendants, se trouva tout à coup
à même de faire d'importantes acquisitions.

Le gouvernement décida de conserver certaines
maisons pour les religieux qui voudraient continuer la vie commune. Après d'actives démar-
ches, le Port Sainte-Marie fut parmi celles qu'on
désigna. Mais les insultes aux moines, les vols
devinrent si nombreux qu'on désespéra d'arriver
à faire la police en ce lieu écarté : notre Chartreuse ne fut donc pas maintenue dans le nom-
bre. La dernière messe fut célébrée le dimanche
1er octobre 1792. Nombreuse fut l'assistance et
poignante l'émotion ; mais de mauvais sujets
lancèrent des pierres dans les fenêtres de l'église.

Les bâtiments furent mis en vente et dans le
placard affiché on lit entre autres : « la salle capi-
ulaire et la sacristie sont remarquables par leurs
boisements et leurs parquets ». On avait espéré
que ces superbes bâtiments tenteraient quelque
industriel : il n'en fut rien. Aussi les bâtiments,
les jardins, les prés, les vergers et enclos en dépendant, tout cela fut adjugé pour la modique
somme de 28.008 livres.

L'industrie aurait sali la vallée ; il valait mieux
que celle-ci fut rendue à la solitude. Les ruines
l'embellissent encore : le plus beau lieu du monde,
mais où rien ne fut, n'aura jamais le charme de

celui où dort un passé. Et la vallée de notre
Chartreuse était déjà un joyau quand elle sortit
des mains de Dieu.

Marien vécut une vingtaine d'année après le
départ des moines. Ce dut être pour lui et pour
tous les habitants d'alentour une immense tris-
tesse de n'entendre plus jamais les sons argentins
des cloches du couvent. Puis le temps fit son œuvre : on oublia. Et il ne reste que des murailles
ébréchées et un nom qu'on ne comprend plus :
l'Abbaye (1).

Le 29 avril 1791 fut adjugé à Annet Massis,
demeurant à Saint-Jacques, pour 25.000 francs,
payables en 12 annuités le « domaine de la cha-
pelle (2) » appartenant ci-devant aux Chartreux.
En outre de la maison du fermier et des bâtiments pour l'exploitation, ce domaine compre-
nait : 50 septerées de terre et jardins ; 10 septerées
de pâtis ; en prés « de quoi faire 25 chars de
foin ». La même année le « domaine des Chaumes » appartenant ci-devant aux mêmes fut
adjugé pour 21.300 francs payables en 12 annuités à un consortium formé de 26 habitants
des Chaumes, de la Pêche et d'Andan, qui se le
partagèrent ensuite.

La forêt qui est aujourd'hui à l'État fut aussi
mise en vente. Mais gavés de bien ou trop pauvres, les paysans ne purent l'acheter, heureuse-
ment pour le pays. Car si elle était passée entre
leurs mains, au lieu des futaies qui font de ces
ravins un coin de beauté, nous aurions des taillis
étiques, des bruyères et des éboulis.

(1) La Baya.
(2) La Tzapéhla.

La loi ordonnant la vente des biens d'église
avait réservé aux curés, outre le presbytère,
un jardin d'un demi-arpent (672 toises carrées).
Celui de Saint-Jacques n'avait pas cette étendue.
Comme maire Marien eut en 1792 à la compléter
en distrayant du terrain de l'ancien pré de la
Cure.

A la Chartreuse Marien acheta une partie,
longeant la Sioule, du pré de la Porte, qui était
situé à droite en sortant du monastère.

Le 28 février 1792 « l'an quatrième de la li-
berté », Georges Bourdeix des Chaumes et Marien
Sage, achetèrent d'Étienne Lautard de Saint-
Georges, agissant pour sa femme Marguerite
Courtadon, un pré « à faire 3 chars de foin »,
3 héminées de terre, plus un petit bois, taillis
et futaie, le tout sis au terroir de la Pêche, appartenances du village du même nom. Prix 1050
livres et 36 livres d'épingles. Le 19 nivôse an 2
les acquéreurs se partagèrent ces héritages. Mais
le 29 prairial, même année, le vendeur prétendant
avoir cédé son bien pour moins de moitié prix,
les somme de « comparoir le tridi de la première
décade de messidor par devant les citoyens com-
posant le bureau de paix et conciliation de Riom. »
Il demandait la rescision de la vente, mais se
contenta d'un supplément de 550 livres et d'une
« demie-armoire » de noyer.

Le 17 août 1792, le Pâtural (1), contenant
10 septerées, situé dans les bois, fut adjugé pour
4.425 livres, payables en 12 annuités à un consortium de 9 paysans, dont Marien Sage. On se le
partagea ensuite.

(1) Le Patyurauh.

Le 11 germinal, an 5, Jacques Pigeon de Bromont, beau-frère à Marien, lui chercha de mau-
vaises raisons et voulut exiger un partage. Marien dut lui acheter la paix 110 francs.

En 1756 la Marie Sage peu chanceuse dont
nous avons parlé avait acheté et payé 2 setiers de
seigle à un Claude Sardier des Marsins. Celui-ci
ne livra pas le grain ; elle le poursuivit devant
le bailli et le fit condamner par défaut. Temps
perdu, l'homme n'avait rien ; quarante ans après,
le 12 vendémiaire an 5, alors que la pauvre fille
depuis longtemps dormait paisible en terre,
son arrière-neveu Marien dut payer les frais du
procès, 10 livres 13 sous.

Marien mourut entre 1812 et 1814. Il laissa
deux fils : Antoine et un autre dont j'ignore le
prénom qui « alla gendre » aux Berthons où il a
fait souche.

ANTOINE SAGE

Antoine, dit le Crêpu (1), mon arrière grand-père, était conscrit de l'an 13, c'est-à-dire qu'il était dans sa vingtième année en 1804, année où Bonaparte fut proclamé empereur des Français sous le nom de Napoléon Ier. L'ogre de Corse dévorait toute la jeunesse de France. Depuis dix ans déjà nos filles chantaient cette bourrée sur un air aussi triste que les paroles : « N'y allez pas — à la frontière ; — n'y allez pas, — vous ne reviendriez pas. — Ceux qui y sont allés — à la frontière, — ceux qui y sont allés — ne sont pas revenus (2) ». Antoine eut la chance rare d'être ajourné d'abord, puis après six ans d'hésitations réformé « pour cause de pieds plats ». Il fallait que son cas fût grave. Voici son signalement tel qu'il est porté sur sa dispense » : taille 5 pieds 2 pouces (1 m. 70) ; cheveux châtains crêpus ; sourcils châtains ; nez aquilin ; barbe (de couleur) claire ; visage oval ; front couvert (sans doute par les cheveux retombants) ; yeux bleus tournés (*sic*) ; bouche moyenne ; menton rond ; teint blême (*sic*). Ceux qui nous connaissent retrouveront là plusieurs traits caractéristiques : la

(1) Le Tzarpoh.
(2) Lah n'anyah pah.
Va la frountyéhra ;
Lah n'anyah pah
Tournayah pah.

Kauh ke lah son nah'
Va la frountyéhra,
Kauh ke lah son nah
Son pah tournah.

4

taille, la couleur des yeux et des cheveux est la même ; ceux-ci sont encore crépelus chez beaucoup d'entre nous, chez moi et chez ma fille notamment. Enfin il y a ces yeux asiatiques qui nous signent tous sans exception. Nous sommes aussi facilement pâles. Le nez malheureusement n'est pas resté aquilin.

C'est Antoine qui nous transporta à la Pêche et ce ne fut pas une idée heureuse. La maison de l'Étramaille ouvrait sur le communal, entourée d'héritages étrangers. Le paysan de chez nous ne s'enferme pas dans une « cour » ceinte de hauts murs, comme celui de Normandie : il est moins défiant. Mais il construit, quand il le peut, ses bâtiments en tête d'un pré où il puisse diriger le purin des étables et les eaux ménagères, pensant ainsi les utiliser. En fait il produit des flaques infectes et malsaines et le bétail refuse l'herbe qui pousse auprès. Il veut ignorer la fosse à purin, l'arrosage avec celui-ci, l'aménagement rationnel des fumiers. Pour un motif tout aussi absurde, le paysan aime l'humidité dans ses rues, ses chemins, devant sa porte ; il y met paille, fougères ou feuilles sèches que bêtes et gens piétinent. Pour produire un engrais sans valeur, les villages sont transformés en cloaques. C'est ainsi qu'en dépit du préjugé la vie est brève au village et la santé précaire.

Déjà Antoine possédait à la Pêche la moitié nord du pré actuel, qu'une haie vive, orientée de l'est à l'ouest et qui naturellement fut arrachée, séparait au sud du pré voisin.

Les bâtiments, un petit jardin situé entre la maison et les étables, le pré derrière la maison et la terre au bout, tout cela appartenait à

des demoiselles Deval, originaires de Bordes-
soule (1), commune de Miremont. Leur père
avait dû jouir d'une certaine aisance, car les
trois filles avaient épousé de bons partis, dont
l'une un avoué, l'autre un notaire. Il avait sans
doute acquis cet héritage à bas prix après la
déconfiture de quelque paysan. Le 15 mars 1828
Antoine Sage l'acheta aux filles, avec le bois
Chaumard (2) pour 1.100 francs ; en plus il leur
donnait son pré de la Chartreuse, d'un rapport
estimé à « un char de foin » ou en argent à 25 fr.

La grange et les étables étaient où ils sont
encore, mais la maison regardait le levant.
Elle consistait en un rez-de-chaussée et un
« sulé » (3). C'est mon père qui la changea de
place.

Aussitôt l'acquisition faite, Antoine démolit
à l'Étramaille et vint à la Pêche. Il dut être en-
chanté, car en arrachant une haie sa maison
commandait un héritage de 6 à 7 hectares, pré
et terre.

Mais ce dont il ne pouvait se douter, c'est
que le lieu est affreusement malsain : une nappe
d'eau souterraine passe sous les étables ; le sol
argileux est imperméable. Les bâtiments étaient
infectés de tuberculose, et depuis longtemps sans
doute. Je me souviens qu'on y perdit du bétail
à plusieurs reprises et que les vaches toussaient.
Conséquence : mon grand-père mourut tuber-

(1) Bourdassula.

(2) Bau tzaomah (bois du domaine des Chaumes).

(3) Mot patois intéressant qui signifie grenier et dérive
du latin solarium, terrasse exposée au soleil où l'on faisait sécher le grain. Les notaires bravement en ont fait
soulier.

culeux à trente-trois ans, mon père s'en alla du même mal au même âge ; un lymphatisme intense affaiblit les autres. Il serait à désirer que nul ne vînt plus s'installer là.

Le Crêpu ne savait ni lire ni écrire, peut-être parce que, les Chartreux partis, il n'y avait plus de maîtres d'école dans le pays. Il n'atteignit pas un âge avancé et laissa la réputation d'un homme mou, à l'opposé de son père. Sa femme Marguerite était une Périer de Saint-Jacques (chez Geille) (1) elle devient très vieille et laissa un souvenir d'énergie et de grande bonté. Ils eurent trois enfants, trois garçons : Marien, mon grand-père, Michel, mon parrain, un autre dont j'ignore le prénom qui s'établit tailleur de pierre à Volvic, prospéra, puis perdu par la boisson finit dans la misère. Michel ne quitta pas le pays et devint, lui aussi, un affreux ivrogne, terrible nouveauté parmi nous. Rien que d'y penser les femmes de la famille en frissonnent et je les comprends. Espérons que c'est à tout jamais fini !

(1) Tzeu Djéhlha

MARIEN SAGE

L'aîné, Marien, mourut jeune, je l'ai dit. Il avait toutes les qualités de son grand-père et jamais il ne but. Il fit plusieurs campagnes à Lyon, car il avait ses deux frères à payer et depuis que nous n'avions plus la Chartreuse, il fallait se débrouiller autrement et aller ailleurs. Par sa mort prématurée commença la série des grandes tristesses qui se sont appesanties sur nous et que je ne puis pas déclarer finies. Il avait épousé Marie Pourtier de la Pêche, surnommée la Belle. Arrivé à l'âge d'homme, j'ai été surpris d'apprendre que cette femme avait un assez mauvais caractère et que, mue par cette jalousie animale de la femelle pour la femelle, elle n'avait pas été toujours d'une suffisante bonté pour sa bru, ma mère. Mais elle fut une femme de tête, aima profondément ses enfants et jusqu'à la faiblesse ses petits enfants, moi tout au moins. J'ai gardé d'elle, de ma « granda » un souvenir attendri. Son affection et celle du vieux Blaise sont les seules qui aient éclairé mon chemin. Je me vois encore, tout petit, dans ses jupes que je ne quittais guère. Quand elle mourut, j'étais présent. Quoique je fusse très jeune je me suis toujours souvenu d'un fait qui se passa.

Elle était couchée immobile, probablement dans un état comateux. Soudain, comme un ressort, elle se mit sur son séant, tendit les bras

en avant comme pour y attirer quelqu'un et s'écria : Antoine ! Antoine ! C'était le nom de son fils aîné, de mon père, dont elle avait amèrement pleuré la mort. Tous les assistants navrés crurent à une hallucination du dernier délire : c'était peut-être autre chose.

De Marien Sage et de Marie Pourtier naquirent trois enfants : Antoine, Jean et Marguerite.

Jean apprit le métier de menuisier, le dernier de la famille. Sept ans soldat, il fut en garnison à Rome, à Cività Vecchia, puis fit toute la campagne du Mexique. Il a toujours aimé à raconter ses campagnes et c'est bien naturel. De retour, il se maria à Cornet ; il a été longtemps maire, mais sa vieillesse a été attristée par la mort de son fils, son seul garçon. Sa « maison » est finie et cette idée est pénible au paysan.

ANTOINE SAGE

~~~~~~~~

Antoine, mon père épousa Anne Petit de la Pêche, le même jour où sa sœur Marguerite épousait Jean Besson des Ysserts, en 1862. On ne fit qu'une noce. Et c'est une coïncidence remarquable, car Marguerite Sage a été stérile, mais c'est elle qui s'est chargée d'élever tous les enfants d'Anne Petit, non par amitié pour sa belle-sœur qu'elle n'aima jamais, mais parce que les circonstacnes devinrent tristes et que bravement elle prit tout entière sur elle une tâche, dont d'autres se seraient désintéressés.

Étant célibataire, mon père fit lui aussi plusieurs campagnes à Lyon et travailla surtout à la Guillotière, quartier que l'on construisait alors. Aussi la première fois que je visitai Lyon, je n'eus rien de plus pressé que d'aller voir ce quartier, dont le nom traînait dans ma mémoire depuis l'enfance comme celui d'un « pays estrange ».

Antoine Sage mourut à trente-trois ans comme son père. Quand il se vit perdu, il fut pris d'un profond désespoir à l'idée de laisser sans soutien ses quatre enfants en bas âge : j'étais l'aîné, j'avais à peine six ans. Il savait que sa femme, bonne mais molle et incapable, ne pourrait pas les élever. Et puis chez le paysan à l'aise tout va bien quand les deux bras solides du père sont là pour tenir les méchants à distance et travailler

« le bien ». Mais si le père s'en va, tout s'arrête et les chacals se ruent. Je ne souhaite à personne de l'apprendre à ses dépens, comme nous l'avons fait.

Antoine Sage et Anne Petit eurent cinq enfants en six ans de mariage : Michel, Marie, Jean, Jean-Baptiste et une autre fillette qui mourut en bas-âge, dont je me souviens à peine. Marie se maria jeune, fut affreusement malheureuse, mais la mort eut pitié et son martyre ne dura que trois ans : d'elle reste un fils, Auguste Malherbe, garde des forêts. Jean tomba malade, traîna, puis mourut le moral atteint. Jean Baptiste est resté aux Ysserts comme fils adoptif : sa situation est bonne. C'est un rude travailleur ; mais on l'a retenu au village et laissé sans instruction, fâcheuse erreur dont il n'a pas su reconnaître assez la gravité pour éviter d'y retomber avec ses enfants.

MICHEL SAGE

Mon père mort, il arriva ce qu'il avait tant redouté : la mère négligea tout, les enfants et le bien. C'est alors que d'autorité intervint notre tante Marguerite. Cette femme est quelqu'un. Volontaire, active, d'instincts généreux, hostile aux frivolités de son sexe, elle eût joué un rôle prépondérant n'importe où. Mais elle a aussi des défauts, de courtes idées de femme, en religion et en tout, qu'elle prend pour la plus haute émanation divine, et auxquelles elle exige une absolue soumission. Tyrannie engendre révolte. C'est à cause de cela, en partie du moins, je crois, qu'elle n'a pas obtenu toute la reconnaissance qu'elle eût méritée.

Le souvenir que j'ai gardé de mon père est très vague : j'étais si petit. Il ne se séparait guère de moi : j'étais son aîné, déjà il me voyait homme et fort, travaillant avec lui. Quelle guirlande de beaux rêves le paysan tresse autour de la tête de « son aîné » ! Et, crue et froide réalité, neuf fois sur dix ce dernier devenu homme trouve que le vieux s'éternise indécemment sur la terre, alors qu'une place si tranquille l'attend dessous. Mais ne condamnons pas l'illusion rose, sans laquelle nul n'aurait le courage de vivre la vie jusqu'au bout.

Emmené aux Ysserts même avant la mort de mon père, vers mes cinq ans, j'y trouvai un ami

dont je n'ai plus rencontré le pareil, le vieux
Blaise, le beau-père de ma tante, duquel je devins
l'inséparable compagnon. Quel excellent vieil-
lard ! Quelle belle âme ! Et quel doux souvenir
j'en ai gardé ! En toute circonstance il défendait
« son petit ». Il était né sous l' « impereu » et il
aimait à me refaire les récits épiques qu'il avait
entendus dans son enfance : « un jour ils partirent
avec l'« impereu » pour aller « battre » à Moscou.....
Il parlait souvent du vieux père « Rayons-la-
Côte » qui l'avait, lui, vu de près l' « impereu ».
C'était quelque part dans les Alpes, en hiver,
au pied d'une montagne, éclatante de neige
immaculée, et de pente si raide qu'on n'osait
l'aborder. Mais tout à coup, voici l'empereur :
« Soldats, dit-il en montrant la pente, rayons la
côte ! » Et sous la magie de cette parole on la
raya sans plus hésiter. Revenu au village notre
homme avait raconté l'anecdote si souvent que
ce mot « profond » de son empereur lui était resté
somme sobriquet : il en est de moins glorieux.
Cher vieux Blaise, je n'avais pourtant point
de votre sang dans les veines ! Je sais que la
bonté existe puisque je vous ai connu, mais c'est
une fleur rare.

Peut-être certains se demanderont-ils comment
il se fait que j'aie reçu de l'instruction, étant sorti
d'un milieu peu fortuné. Voici. La tante avait
de l'ambition : elle voulait conquérir de l'honneur
pour elle-même et pour la famille en ce monde
et une place aussi haute que possible dans l'autre ; aux yeux de la pieuse femme le meilleur
moyen était de « faire un curé ». Comme j'avais
manifesté une certaine vivacité d'esprit dès
l'enfance, elle porta un oukase comme **quoi**

je serais le curé. Et il me fallut commencer à gravir un dur calvaire. J'avais vécu en petit sauvage dans cette gorge des Ysserts, presque seul et cependant en si nombreuse compagnie d'êtres et de choses que j'aimais et qui m'aimaient : les moutons, les vaches, les oiseaux, les bois, les ruisseaux, les jours clairs. Mon Dieu, que l'éveil à la vie est donc chose jolie..... et menteuse ! Brusquement on me plongea dans un enfer : on me mit comme interne nourri par ses parents chez les frères de la doctrine chrétienne de Pontgibaud. Une vraie ménagerie de bêtes fauves! Les maîtres, rustres baignés dans l'encre, rivalisaient de brutalité avec leurs élèves. Malheur aux timides souffreteux comme moi ! Ajoutez à cela que j'y mangeais à peine, car on tenait chez nous à faire le curé comme le reste, économiquement. J'en sortis si frêle qu'on hésita un moment..... par crainte de jeter de l'argent à l'eau. Le miracle est que je m'en sois relevé. Le seul être qui se douta jamais de ma détresse fut le vieux Blaise ; après mon départ il fut comme une âme en peine et lui qui depuis longtemps déjà n'allait pas plus loin que Saint-Jacques , il vint me voir un jour et pleura.

Je commençai le latin chez le vicaire de Miremont. Puis ce fut le petit séminaire où l'hypocrisie basse et cruelle de ces « sépulcres blanchis » — noircis serait plus exact en l'espèce — me levait le cœur. Une insurmontable répugnance pour ce métier imposé par une femme m'empoisonnait : je brisai donc, aussitôt que je le pus. Après avoir passé quelques-uns de ces examens qui ne mènent à rien, ne sachant que devenir, seul, sans un conseil, sans le sou, j'empruntai

2.000 francs sur ma part du bien et je m'en allai
à l'aventure. Pendant seize ans je ne donnai
point signe de vie, qu'une fois ou deux dans les
premières années : on me crut perdu « dans les
Amériques ». On m'a vu revenir sans allégresse,
comme de raison.

Sans que j'entre dans plus de détails on s'ima-
gine que ma vie n'a pas été une folle équipée.
Je n'ai trouvé un peu de joie que dans les livres
et dans quelques études dont mon fils dira un
mot plus tard, s'il le juge à propos. Mais je ne
récrimine point. Certes, paysan, je regrette la
terre qui rend amour pour amour, elle. Mais
n'ayant point de quart — mon père était mort
intestat — avec 3 frères à « sortir », un bien ruiné,
mon sort eût été plus malheureux. Donc tout est
bien.

De mon mariage avec Mlle Charlotte Chappaz,
née à Paris d'un père Savoisien (d'Albertville)
et d'une mère alsacienne (d'Altkirch), j'ai eu
deux enfants, Charles et Annette. Puissé-je avant
de m'en aller, remettre à un honnête homme,
comme un précieux dépôt, ma fille qui en ses
dix ans annonce une âme très belle, intelligente
et bonne, douée des plus généreux instincts !

CHARLES-MICHEL-JEAN SAGE

Cela, c'est mon fils, c'est l'avenir, dont je ne sais rien. « L'avenir n'est à personne, sire, l'avenir est à Dieu ».

Je voudrais naturellement qu'il nous continuât et je lui souhaiterais, si de bonnes conditions se présentaient, de quitter la ville où tout est basse ruse et frivolité. On ne s'y marie pas, on s'y accouple. L'homme y a dégénéré ; la femme s'y trouve sans guide avec ses instincts semi-bestiaux, ses incohérences, ses courtes vues. Payer et se taire est tout ce que les circonstances, l'opinion publique et la loi permettent à l'homme, qui n'ayant plus de « maison » à continuer et toujours peu sûr de sa paternité, se lassera. La famille est bien malade et je ne puis voir un progrès dans la promiscuité vers laquelle nous marchons.

A la campagne on peut être pauvre comme nous l'avons été, mais on dure ; à la ville on s'éteint. La misère y tue beaucoup sans doute, mais pas plus que le luxe et moins que le vice.

Quelques graves questions pour finir

Je ne veux point être un « laudator temporis acti ». Mais je ne crois pas, quoi qu'on en dise, que le nôtre vaille beaucoup mieux. Les vieilles barrières qui comprimaient l'humanité étant tombées une à une depuis 125 ans, tous les appétits se sont en désordre rués à la curée. Happer la proie, tout est là, qu'importe le moyen ? Ceux qui crient ne sont pas écœurés, ils sont jaloux. Nul n'est plus sûr de rien, tout branle. Nulle équité ne préside à la répartition des richesses : c'est une bataille de chiens enragés, et qui ne cessera point. Car la femme aussi veut satisfaire sa faim de maternité, qu'aveuglés par l'instinct nous prenons pour un « noble devoir ». Si quelque part les ressources doublent, la population quadruple. Certains socialistes ont bien compris que pour résoudre vraiment la question sociale il faudrait réglementer et modérer la fureur de se reproduire. Supposons que ce soit possible et déjà fait ! Débarrassée de l'aiguillon du besoin, l'humanité s'arrête dans la voie du progrès. Et tout ce que cette planète aurait produit de mieux serait l'homme actuel ! Mieux vaut la lutte et c'est bien l'opinion de la nature.

Et pourquoi cette vie étrange ? A-t-elle un but, un sens ? N'est-elle qu'un phénomène transitoire et fortuit ? A-t-elle un lendemain ? Les vagues aspirations morales qui sont en nous

sont-elles une attraction du divin, la voix du principe vital qui s'élève contre ce qui le gêne dans ses manifestations, ou tout bonnement les protestations des faibles, des lassés, des vaincus ? Questions formidables et sans réponse. Il faut être mordu et mordre à toute minute jusqu'au trébuchement dernier, sans savoir pourquoi. Toute vue profonde sur le monde découvre des abîmes d'horreur, mais nous nous mettons la tête sous l'aile et nous rêvons que ce n'est pas vrai. C'est la nuit, la nuit de l'esprit, bien plus affreuse que la plus noire ténèbre physique, bien plus remplie d'épouvantements. Mais nous n'y pouvons rien. Les sages sont peut-être ceux qui jouissent de l'heure sans penser. Et nous, les cavillateurs, nous ne sommes peut-être bien que des déséquilibrés.

M. SAGE.

M. SAGE

Trois Siècles

de la Vie

D'UNE

FAMILLE D'ARTISANS-PAYSANS

PARIS

SOCIÉTÉ DES PUBLICATIONS SCIENTIFIQUES & INDUSTRIELLES

23, Rue Brunel, 23

1913

M. SAGE

Trois Siècles

de la Vie

D'UNE

FAMILLE D'ARTISANS-PAYSANS

PARIS

'ÉTÉ DES PUBLICATIONS SCIENTIFIQUES & INDUSTRIELLES

23, Rue Brunel, 23

1913